요놈 요놈 요 이쁜놈!

천상병 詩集

도서출판 답게

요놈 요놈 요 이쁜놈!

* 아내가 경영하는 '귀천'카페에서의 시인의 모습(上), 그리고 천상병 시인 부부(下)
  사진 : 조문호 作

이번에 시집을 엮으면서 70년도에 써 놓았던 원고를 찾게 되었다.

내가 71년도에 서울에 올라와서 곧 시립정신병원에 입원하기 직전에 썼던 작품 40여편이다. 이 작품은 부산국제신문사 논설위원으로 있는 친구 김규태씨가 간직했다가 소한진씨를 통해 아내에게 전달이 되어 아내가 보관해 두었다가 이번에 책으로 엮게 된 것이다.

김규태씨와 소한진씨께 감사를 드린다.

이번에 수록한 미발표작들은 내가 가장 몸이 불편했던 시기에 썼던 시가 되겠다. 아마 그때 내가 주검의 문턱까지 갔다온 후이기 때문에 시에 비교적 내 생활의 일면이 잘 나타나 있으리라 본다.

그후에 내 첫시집 '새'가 유고시집으로 나왔는데 그것은 내가 추천을 거친후 71년도까지의 작품이었다.

그후 '주막에서'에 74년도까지의 작품이 수록되었고 84년도까지의 작품을 모은 '천상병은 천상 시인이다'와 '저승가는 데도 여비가 든다면', '귀천'을 엮었다.

그것들은 선집(選集)인 관계로 중복되는 시가 있었다. 그런데 이번에 엮게 된 '요놈! 요놈! 요 이쁜놈!'은 지금껏 발표되지 않았던 미발표작 40여편과 근자에 써서 발표했던 작품을 찾아 엮게 되었다.

　이 책은 내가 가장 몸이 불편했던 시기와 지금의 행복한 내 생활의 시가 합쳐진 것이어서 더욱 많은 변화가 있는 내 생활을 읽을 수 있을 것이다.

　앞으로 또 한권의 시집이 더 나올지는 나도 모르는 일이다.

　어쨌든 이 시집을 내면서 원고를 정리해준 아내에게 고맙다고 말을 하고 싶고 원고를 맡아 보관해 주었던 김규태형에게 다시 한번 감사를 드린다.

　도서출판 답게의 장소님 사장님과 류향순 편집장께도 마찬가지다.

　끝으로 내 건강이 허락하는 날까지 나는 한편의 시라도 더 쓰다가 가리라.

1991년 6월
千 祥 炳

차례

2 젊음을 다오!

제 1 부

좋다 좋다 다좋다!

꽃 빛

손바닥 펴
꽃빛아래 놓으니
꽃빛 그늘 앉아 아롱집니다.

몇일전 간
秘苑에서 본
그 꽃빛생각 절로 납니다.

그 밝음과 그늘이
열열히 사랑하고 있습니다!
내 손바닥 위에서……

창에서 새

어느날 일요일이었는데
창에서 참새 한 마리
날아 들어왔다.

이런 부질없는 새가 어디 있을까?
세상을 살다보면 별일도 많다는데
참으로 희귀한 일이다.

한참 천장을 날다가 달아났는데
꼭 나와 같은 어리석은 새다.
사람이 사는 좁은 공간을 날다니.

난 어린애가 좋다

우리 부부에게는 어린이가 없다.
그렇게도 소중한
어린이가 하나도 없다.

그래서 난
동네 어린이들을 좋아하고
사랑한다.
요놈! 요놈하면서
내가 부르면
어린이들은
환갑 나이의 날 보고
요놈! 요놈한다.

어린이들은
보면 볼수록 좋다.
잘 커서 큰일 해다오!

유관순 누님

이화학당의 학생이었으니
내게는 누님이 되오.

누님! 참으로 여자의 몸으로
용감하였소.

일제의 총칼앞에서
되려 죽음을 택하셨으니

온겨레가
한결같이 우러러 보오.

이제는 독립 되었으니
저승에서도 눈을 감으세요.

(91년 3·1절에)

내 방(房)

내 방은
녹색(綠色)장판이다.
책이 한 3백50권되고
또 벽(壁)에 붙인
사진과 그림들이다.

녹색(綠色)은 눈에 참 좋다.
그래서 내눈도 참 좋다.

내 방은 작지만
그래도 넓어 보이니 어쩌랴?

나는 내 방을 사랑하고
방 또한 날 사랑해 준다.

봄빛

오늘은 91年 4月 14日이니
봄빛이 한창이다.

뜰의 나무들도
초록색으로 물들었으니
눈에 참 좋다.

어떻게 봄이 오는가?
그건 하느님의 섭리이다.

인생을 즐겁게 할려고
봄이 오고 꽃이 피는 거다.

마음의 날개

내 육신(肉身)에는 날개가 없어도
내 마음에는 날개가 있다.
세계 어디 안가본 데가 없다.
텔레비전은 마음 여행의 길잡이가 되고
상상력(想像力)이 길을 인도한다.
북극(北極)에도 가 보고
남양(南洋)의 오지(奧地)에도 가보았다.
하여튼 내가 안 가본 곳이란
없다.
내 마음엔 날개가 있으니까.

우리집 뜰의 봄

오늘은 91년 4월 25일
뜰에 매화가 한창이다.
라일락도 피고
홍매화도 피었다.

봄 향기가 가득하다.
꽃송이들은
자랑스러운듯
힘차게 피고 있다.

봄기풍(氣風)이 난만하고
천하(天下)를 이룬 것 같다.

백조(白鳥) 두 마리

내게는 백조(白鳥) 두 마리가 있다.
그림이지만 참 좋다.

이유를 밝히면
'시조와 비평(時調와 批評)'이란 잡지의 창간호
표지에 그려졌는데
표지전체가 녹색이라서
약간 녹색조(綠色調)는 감출 수 없지만
그래도 백조는 백조다.

나는 이 그림을 참 좋아한다.
두마리의 백조(白鳥)는 부부(夫婦)처럼 보인다.
너무나 사이가 좋아서 그런지
두 마리가 다 울고 있다.

기쁨에 못이긴 울음이리라.

요놈 요놈 요놈아!

집을 나서니
여섯살짜리 꼬마가 놀고 있다.

'요놈 요놈 요놈아'라고 했더니
대답이
'아무것도 안사주면서 뭘'한다.
그래서 내가
'자 가자
사탕 사줄께'라고 해서
가게로 가서

사탕을 한봉지
사 줬더니 좋아한다.

내 미래의 주인을
나는 이렇게 좋아한다.

흐름

바다도 흐르고 구름도 흐르고
사람도 흐르고 동물도 흐르고
흐르는 것이 너무 많다.

새는 날고 지저귀는데
흐름의 세계를
흐르면서 보리라.

물이 흐르는 것은 당연하지만
위에서 아래로만 흐른다.
하나님! 하나님도 흐르시나요!

어린애들

정오께 집 대문 밖을 나서니
여섯, 일곱쯤 되는 어린이들이
활기차게 뛰놀고 있다.

앞으로 저놈들이 어른이 돼서
이 나라 주인이 될 걸 생각하니
발걸음을 멈추고 그들을 본다.

총명하게 생긴 놈들이
아기자기하게 잘도 놀고 있다.
그들의 영리한 눈에 축복이 있길 빈다.

오월의 신록

오월의 신록은 너무 신선하다.
녹색은 눈에도 좋고
상쾌하다.

젊은 날이 새롭다.
육십두살된 나는
그래도 신록이 좋다.
가슴에 활기를 주기 때문이다.

나는 늙었지만
신록은 청춘이다.
청춘의 특권을 마음껏 발휘하라.

하느님 말씀 들었나이다

1950년 10월 5일 정오경
나는 종로 2가
안국동쪽으로 꺾고 있었습니다.
길꺾는 모퉁이에
한그루 가로수가 있었는데,
그 밑을 지나는 순간
하늘에서
낮으막하나,
그래도 또렷한 우리말로
'망상은 안돼!'하는
말씀이 들리시더니
또 일분 후에
'팔팔까지 살다가, 그리고 더'라는
말씀이 들렸습니다.

하느님 말씀이 틀림없습니다.
2천년만의 하느님 말씀입니다.

저는 몸둘 바를 모르고
그냥 길바닥에 주저 앉아
한참 명상에 잠길 수밖에 없었습니다.

독자들에게

내 독자들은
꽤 많다.

초상화를 보내오는 독자도 있고
선물을 보내오는 독자도 있다.

전화 걸어오는 독자는
너무 많다.

이런 독자들에게
보답할려고

나는 좋은 시(詩)를
끊임없이 써야 하리라 *!*

배

강물에 배가 한척 간다.
수월케 수월케 간다.
물은 배를 띄우게 마련이고
바람과 수류(水流)는 가게 마련이다.

강산(江山)은 강(江)이 먼저고
산(山)은 뒤인가 보다.
강이 산보나 앞서고
물이 흙보다 중대(重大)한가 보다.

배는 사람이 만든 이기(利器)다.
이 배는 바로 사람같지 않은가.
사람이 제일 아무래도 위인 것이다.
나가라 나가라 배여.

사랑하는 배여
사람을 위한 배여.
강산도 배를 부정(否定)하지 못하니
어찌 강이 배를 업신 여길소냐.

하늘 · 2

하늘은 가이없다.
무한한 하늘은 끝이 없다.
어디까지가 하늘이냐
도무지 알 수 없다.

구름은 떠가지만
그건 유한한 하늘이고
새는 날으지만 낮은 하늘이고
우리는 그저 하늘을 받들면 그만이다.

태양은 빛을 보내고
달도 빛을 보내지만
우리는 그 빛의 고마움을 모르고
그저 고맙다고만 한다.

가족

우리집 가족이라곤
1989년 나와 아내와
장모님과 조카딸 목영진 뿐입니다.

나는 나대로 원고료(原稿料)를 벌고
아내는 찻집 '귀천(歸天)'을 경영하고
조카딸 영진이는 한복제작으로
돈을 벌고

장모님은 나이 팔십인데도
정정 하시고….

하느님이시여 /
우리가족에 복을 내려 주시옵소서 /

장 마

7월장마 비오는 세상
다 함께 기 죽은 표정들
아예 새도 날지 않는다.

이런날 회상(回想)은 안성맞춤
옛친구 얼굴 아슴프레 하고
지금에사 그들 뭘 하고 있는가?

뜰에 핀 장미는 빨갛고
지붕밑 제비집은 새끼 세마리
치어다 보며 이것저것 아프게 느낀다.

빗발과 빗발새에 보얗게 아롱지는
젊디 젊은 날의 눈물이요 사랑
이 초로(初老)의 심사(心思) 안타까워라 —
오늘 못다하면 내일이라고
그런 되풀이, 눈앞 60고개
어이할꺼나
이 초로의 불타는 회한(悔恨) —

일을 즐겁게

모든 일을
이왕 할 바에야
아주 즐겁게 하자.

일하는데
괴로움을 느끼면
몸에도 나쁘고……

일에 즐거움 느끼면
일의 능률도 오르고
몸에도 아주 좋으니……

그러니
즐거운 마음과
건강한 생각으로 일을 합시다.

어머니

내가 40대때
돌아가신 어머니.

자꾸만 자꾸만 생각납니다.
나이가 60이 됐으니까요 *

살아계실 땐 효도(孝道) 한번 못했으니
얼마나 제가 원통하겠어요 어머니 *

청녹색

하늘도 푸르고
바다도 푸르고
산의 나무들은 녹색이고
하나님은 청녹색을
좋아하시는가 보다.

청녹색은
사람의 눈에 참으로
유익한 빛깔이다.
이 유익한 빛깔을
우리는 아껴야 하리.

이 세상은 유익한 빛깔로
채워야 하는데
그렇지 못하니
안타깝다.

제 2 부

젊음을 다오!

봄을 위하여

겨울만 되면
나는 언제나
봄을 기다리며 산다.
입춘도 지났으니
이젠 봄기운이 화사하다.

영국의 시인 바이론도
'겨울이 오면
봄이 멀지 않다고'했는데
내가 어찌 이 말을 잊으랴?

봄이 오면
생기가 돋아나고
기운이 찬다.

봄이여 빨리 오라.

젊음을 다오!

나는 올해 환갑을 지냈으니
젊음을 다오라고
부르짖지 않을 수 없다.

나 자신도 모르게
젊음이 다 가버렸으니
어찌 부르짖지 못하겠는가.

내가 젊어서도
시인이 되겠지만
그러나 너무나 시일이 짧다.

다시 다오 청춘을!
그러면 나는 뛰리라.
마음껏 뛰리라.

초가을

'89년의 초가을은
세계 한민족 체육대회로
막이 오르고

그 폐회식으로
초가을은 갔어요.
우리 겨레가 기다리던 가을이
훌쩍 떠나버린 느낌입니다.

세계의 우리 동포여
아무쪼록
조국을 잊지 말아 주시오.

저물어 가는 가을은 온 겨레의 가슴에
풍성한 열매를 안겨주는
따스한 햇빛이며 행복의 미소입니다.

곡 차

나는 무수한 우수한 사람들 아는데
이분들께 감사론 말씀 이는데
다만 묵묵부답이다.

나의 18번(十八番)은
그저 곡차(막걸리)마시는 것 뿐인데
저녁 6시에 한통 사면
옆의 처남 부르고
몇 시간이고 가니
어찌 술이라 하겠는가?

인생은 소중(所重)하고
고귀(高貴)한 것이니
함부로 헛되게 쓸소냐?
중국의 만만디이(慢慢的)란 말은
일을 서둘지 않고
급하거든 멀리 가라는
인생 탐욕인데.
이 탐욕앞에서는
그저 허허 웃음뿐이다.

우리는, 시간을 아껴 쓰는 것 좋고
다 좋지만은
인생을 느끈하게 복되게 사는 것을

무슨 일 하고도
바꾸지 말 일이다.

술

술 없이는 나의 생을 생각 못한다.
이제 막걸리 왕대포집에서
한잔 하는 걸 영광으로 생각한다.

젊은 날에는 취하게 마셨지만
오십이 된 지금에는
마시는 것만으로 만족한다.

아내는 이 한잔씩에도 불만이지만
마시는 것이 이렇게 좋은 줄을
어떻게 설명하란 말인가?

맥주

나는 지금 육십둘인데
맥주를 하루에 두병만 마신다.

아침을 먹고
오전 5시에 한병 마시고
오후 5시에 또 한병 마신다.

이렇게 마시니
맥주가 맥주가 아니라
음료수나 다름이 없다.

그래도 마실때는 썩 마음이 좋고
기분이 상쾌해진다.

맥주(麥酒) 두병주의

나는 오전 11시에 맥주 한병 마시고
오후 5시에 또 한병 마신다.
이렇게 마시니 참 몸에 좋다.

한병씩 마시니
음료수나 다름이 없다.
많이 마시면
병에 걸린다는걸
나는 너무도 잘 안다.

입원까지 하지 않았는가 /

나는 앞으로
이 주의(主義)를 지켜 나갈 것이다.

막걸리

나는 술은 좋아하되
막걸리와 맥주밖에 못마신다.

막걸리는
아침에 한 병(한 되)사면
한홉짜리 적은 잔으로
생각날 때만 마시니
거의 하루 종일이 간다.

맥주는
어쩌다 원고료를 받으면
오백원짜리 한잔만 하는데
마누라는
몇달에 한번 마시는 이것도 마다한다.

세상은 그런 것이 아니다.
음식으로
내가 즐거움을 느끼는 때는
다만 이것뿐인데
어찌 내 한가지뿐인 이 즐거움을
마다하려고 하는가 말이다.

우주도 그런 것이 아니고
세계도 그런 것이 아니고
인생도 그런 것이 아니다.
목적은 다만 즐거움인 것이다.
즐거움은 인생(人生)의 최대목표(最大目標)이다.

막걸리는 술이 아니고
밥이나 마찬가지다.
밥일 뿐만 아니라
즐거움을 더해주는
하나님의 은총인 것이다.

청교도(淸敎徒)

나는 원체가 천주교도(天主敎徒)인데
신부(神父)라는 이름이
도통 안맞고
그리고 또
인공중절(人工中絶)을 금하다니
마음에 안들어서
내 혼자만의
청교도(淸敎徒)라고
자부(自負)하고 있소.

신부(神父)라니
하나님 아버지란 말입니까?
개신교(改新敎)의
목사(牧師)라는 말이
응당하다고 보아요.

오늘날
세계인구가
이렇게도 팽창하여
온갖 불합리(不合理)의 원인이 되어 있는데
왜

인공중절(人工中絶)을 금한단 말입니까?

청교도(淸敎徒)인 천주교도(天主敎徒)
이것이 나의 신분증(身分證)입니다.

한가위 날이 온다

가을이 되었으니
한가위날이 멀지 않았소.
추석이 되면
나는 반드시
돌아간 사람들을 그리워 하오.

그렇게도 사랑 깊으시던 외할머니
그렇게도 엄격하시던 아버지
순하디 순하던 어머니
요절한 조카 영준이 /
지금 천국에서
기도 하시겠지요.

서울, 평양 직통전화 · 27

얍삭하게 뭉클덮인 구름면이,
달빛으로 환하게 비친다.
정말이지 얍삭한 구름뭉치구나.
구름사이에 운하(運河)이듯한 하늘 강물이 푸르고,
마치 하늘나라 선녀(仙女)이기도 하고,
천사(天使)의 숨박꼭질이기도 하고,
하느님의 외출이기도 하고,
세계지도이기도 하고,
숲을 멀리 바라보는 듯도 하고,
도저히 구름이면서도
아예, 그런 냄새도 안나게 아름답다.
구름이 예술품이라는 것을,
이제 알겠다.
이것도 좋고 기쁜 소식의 혜존(惠存)이다.

西洋사람들의 나이와
우리들의 나이

서양사람들의 나이는
엄마 뱃속에서 나올 때부터인데
우리들의 나이는
잉태부터이다.

서양사람들의 나이는
저들이 만들어낸
태교(胎敎)를 괄시하는 말이고
동양사람들의 나이는
태교(胎敎)를 인정하는 말이다.

그러니
서양사람들의 나이는
가짜고
우리들의 나이는
정당한 나이다.

책을 읽자

일본이 경제대국(經濟大國)으로
세계를 제패하듯 하고 있는 것은
그 이유를 따지면
그들의 독서력(讀書力)이 그렇게 한 것이다.

일본사람들은
우리나라의 몇배나 더
독서를 할 것임에 틀림이 없다.

일본사람들의 베스트셀러는
5, 6백만부를 헤아린다.

우리나라 사람들도
책을 가까이 하여
독서를 생활화(生活化)함으로써
우리도 선진국에 끼이도록 하자!

신부에게

온실에서 갖나온 꽃인양
첫걸음을 내디딘 신부여
처음 바라보는 빛에 눈이 부실 테지요.
세상은
눈부시게 밝은 빛이 있는가 하면
어두운 빛도 있답니다.
또한 기쁜 일도 있을 것이고
슬픈 일도 있답니다.
그러나
세상을 살다보면
쓴맛이 더 많다는 것을
잊어서는 안됩니다.
그렇다고
이 세상은 괴로움만도
또한 아닙니다.

신부님곁에는 함께 살아갈
용감하고 튼튼한 신랑이 있습니다.
서로 위로하고 사랑하고 양보하며는
더 큰 복을 받을 테지요.
신부여,

성실과 진실함이 함께 한다면
두 사람은 누구보다 행복의 승리자가
될 것입니다.
용기와 힘을 합쳐 보세요.
그러면 아름다운 꽃이 필 것이며
튼튼한 열매가 맺어질 것입니다.

12월이란 참말로
잔인(殘忍)한 달이다.

엘리어트란 시인은
4월이 잔인(殘忍)한 달처럼 말했지만
사실은 12월이 가장 잔인한 달이다.

생각해보라.
12월이 없으면
새해가 없지 않는가.

1년을 마감하고
새해가 없다면 어떻게 될 것인가.

우리가 새 기분으로
맞이하는 것은
새해뿐이기 때문이다.

아끼자 모든 것을

모든 걸 아껴 씁시다.
이 지구의 자원이
차차 줄어들고 있어서
인류의 앞날이 어둡습니다.

이젠 석유만 해도
중동(中東)지방에서만
나오고 있는 판국입니다.

모든 국민들이여
아껴 써야만
인류의 장래가 있습니다.

뭐 하나라도
꼭 쓰일 때 쓰고
그렇지 않은 것은
아예 욕심을 버립시다.

전국의 농민들이시여!

수고하시는
전국의 농민들이시여!
정부에서도
국회에서도
농민들을 위한 대책에
골머리를 앓고 있으니
언젠가는 풀릴 날이 올거라
나도 믿고 있고
여러분들도 그러리라 생각합니다.

사는 일에
쉬운 일은 없습니다.
한가지씩 노력하면서
풀도록 합시다.
천하의 농민들에게
다복한 날이 올 것이라
나는 굳게 믿고 있습니다.

신세계(新世界)의
아가씨 사원들에게

'공작'의 89년의 86호를 우연히 보면서 읽으면서, 이 61살먹은 노인은 그저 지난 청춘이 다시 어떻게 좀 안될지 모르겠다고 탄식할 뿐이다.

61살이 되었다는 것은 사실은 주민등록증과 성적무능력증(性的無能力症)에만 나타난 것 뿐인 줄 알고 느끼면서 애오라지 무기력하게 살고 지내지만, 지금 금방 읽은 '신세계(新世界)'의 젊은 아가씨사원들의 청청(靑靑)한 청춘고백(靑春告白)통에 이 나의 무기력(無氣力)이 어찌 기력(氣力)이 될려고 요동하지 못하겠는가 이 말이오!

고향이야기

내 고향은 세군데나 된다.
어릴때 아홉살까지 산
경남 창원군 진동면이 본 고향이고
둘째는 대학 2학년때까지 보낸
부산시이고
세째는 도일(渡日)하여 살은
치바켄 타태야마시이다.
그러니 고향이 세군데나 된다.

본 고향인 진동면은
산수(山水)가 아름답고
당산(堂山)이 있는 수려한 곳이다.
바다에 접해 있어서
나는 일찍부터
해수욕을 했고
영 어릴때는
당산(堂山)밑 개울가에서
몸을 씻었었다.

제2고향은
부산시 수정동(釜山市 水晶洞)인데

산중턱이라서
오르는데 힘이 들었다.

제3의 고향인
일본 타태야마시에서는
국민학교 2학년부터
중학교 2학년까지 살았는데
일본에서도 명소(名所)다.
후지산이 멀리 바라 보이고
경치가 아주 좋은 곳이요,
해군 비행장이 있어서
언제나 하늘에는
비행기가 날고 있었다.

최저재산제(最低財産制)를 권합니다.

세계평화 위해서도
사회복지 위해서도
필자는 최저재산제(最低財産制) 권합니다.

최저임금제(最低賃金制) 있잖아요?
최저한도(限度)의 임금(賃金)을 말하는데
왜 최저재산제(最低財産制)가 있을 수 없어요?
박정희 정권때
박장군 쿠데타 모의(謀議)때
여러가지 인쇄물을 담당한
이(李)모라는 실업가가
박정권 성공 후의 비호를 받아
5백억환의 재산을
모았다는 보도에 접하여
나는 아연실색한 일이 있어요!

미국같은 선진국에서는,
부자는 부자대로, 많은 재산을,
대학이나 병원이나,
사회복지시설에,
끊임없이 기부하면서

사회환원을 기어코 한다는데,
우리나라서는 그러지 못해요 /

그래서 필자가 말씀드리는 것이
이 최저재산제(最低財産制)입니다요 /

한 10억원 정도로
사유재산고(私有財産高)를 제한하는 것이
앞으로 유익한 자유주의체제가 될 것이며,

이북 동포들의 제국주의(帝國主義)소리도 줄 것이고
일반 노무자들도 큰 혜택을
보리라 생각합니다 /

김형(金兄)

나는 일주일에 네번 다섯번은
기원(棋院)에 나갑니다.
김형(金兄)은 더 자주 나오는 사람인데
장애자에 속할 것입니다.
등이 약간 굽어져 있으니까요.
그러나, 김형(金兄)은 어찌 그리도
마음씨가 곱고
바둑도 아주 센 급(級)인데
꼭 이기겠다는 생각없이
여유있게 너그럽게 두기만 합니다.

UN이 올해는 '장애자의 해'라고
못 박았는데
휴머니즘이 드디어 발화(發花)했습니다.
인류가 비로소 눈뜬 것입니다.
하나님께서 잠에서 깨어 났습니다.

언제나 김형(金兄)은 떳떳하고 으젓하니—
되려 내가 장애자 같구나 !

초록빛

내가 중학교 1학년때
신체검사를 받았더니
내 시력이 0.5였다.

이것을 아버지에게 말했더니
'언제나 초록빛을 많이 보아라'였다.
그래서 초록빛을 많이 보았더니

중학교 2학년때
신체검사에서는
0.8이 되었었다.

초록색은 이렇게도 눈에 좋으니
눈 나쁜 사람들은
모름지기 초록빛을 볼 일이다.

제 3 부

나 하늘로 돌아가리라

아내

아내는
카페를 경영하고 있다.

돈 못 버는
남편 대신에
돈을 버는 것이다.

그렇잖아도
좋은 아내인데
돈도 버는 것이다.

참으로
감사하고
감사하다.

세계에서 제일 작은 카페

내 아내가 경영하는 카페
그 이름은 '귀천(歸天)'이라 하고
앉을 의자가 열다섯석 밖에 없는
세계에서도
제일 작은 카페

그런데도
하루에 손님이
평균 60여명이 온다는
너무나 작은 카페

서울 인사동과
관훈동 접촉점에 있는
문화의 찻집이기도 하고
예술의 카페인 '귀천(歸天)'에 복 있으라.

잠모습 아내
처음으로 보는─또 퇴원 후 처음 詩作─

어이없게 어이없게 깊게 짙게
영╱ 영╱ 여천사 같구나야╱
시간 어이없게 이른 새벽╱
8월 19일 2시 15분이니
모름지기 이러리라 짐작 되지만
목순옥(睦順玉)아내는
다만 혼자서 아주 형편없이 조그만
찻집 귀천을 경영하면서
다달이 이십만원 안팎의 순이익(純利益)올려서
충분히 우리 부부와 동거하고 있는
어머니(사실은 장모님)와 조카
스무살짜리 귀엽기 짝없는 목영진(睦榮眞)
애기 아가씨와
합계 네사람 생활, 보장해 주고
또 다달이 약오만원 가량
다달이 저금하니
우리 네가족 초소시민층(超小市民層)밖에 안돼도
그래도 말입니다╱
나는 담배─그것도 내 목구멍에
제일 순수한 담배 골라 피울 수 있고요╱
술은 춘천의료원 511호실에서

보낸 날수로 따져서 말해요／
1월 20일에서 5월 17일까지니
담배 더러 피우긴 했었지만
그러니 불법(不法)적으로
피우긴 했어도
간호원이나 기분 언짢고 그래서 지금 금연중이고
소설가인 이외수(李外秀)씨와 이름잊은 제수씨가 퇴원때
집에 와서
한달동안 자기들집에서 머물러 달라고 부부끼리 간청했
지만……
다 무시하고
어머니와 영진이가 있는
의정부시 장암동으로 직귀(直歸)했습니다／
아내야 아내야 잠자는 아내야／
그렇잖니 그렇잖니.

진(眞)이

나하고 아내한테서는
아이가 하나 없고
스물 두 살 짜리 여조카 진(眞)이가
우리 부부의 딸처럼 되어 있다.

본명은 영진(榮眞)인데
그냥 진(眞)으로 통한다.

대학 입학을 거부하고
주부교실의 한복학원에서
우등상을 탄 후
매일같이
한복제작에 바쁘다.

예쁘고 날씬한 그녀는
연애 같은 건 할 틈도 없이
돈 벌이에만 바쁘다.
우리 부부는
고모와 고모부인데
진(眞)이의 좋은 신랑감 구하는데
심혈(心血)을 다하고 있다.

김관식(金冠植)의 입관(入棺)

심통(心痛)한 바람과 구름이었을 게다, 네 길잡이는
고단한 이 땅에 슬슬 와서는
한다는 일이
가슴에서는 숱한 구슬
입에서는 독한 먼지
터지게 토(吐)해 놓고.
오늘은 별일없다는 듯이
싸구려 관(棺)속에
삼베옷 걸치고
또 슬슬 들어간다.
우리가 두려웠던 것은
네 구슬이 아니라
독한 먼지였다.
좌충우돌의 미학은
너로 말미암아 비롯하고
드디어 끝난다.
구슬도 먼지도 못되는
점잖은 친구들아
이제는 당하지 않을 것이니
되려 기뻐해다오.
김관식(金冠植)의 가을바람 이는 이 입관(入棺)을.

박상윤화백(朴相潤畵伯) 개인전

－첫 個人展때 나 같은 가난뱅이도 두폭을 샀다－

첫개인전인지 아닌지 모르지만
작년의 백송화랑(白松畵廊)에서의
개인전때
나같은 가난뱅이도
예금을 다 털어서 주고 나머지는 외상으로
두 점을 2백만원에 산

그런 훌륭한
박상윤화백(朴相潤畵伯)이
또 개인전을
현대화랑(現代百貨店)에서
연답니다.

구체화가 1/3이고
추상화가 2/3인
박화백(朴畵伯)의 그림은
아주 멋이 줄줄이 흐릅니다.

곡(哭) 신동엽(申東曄)

어느 구름 개인 날
어쩌다 하늘이
그 옆얼굴을 내어보일 때,

그 맑은 눈
한곬으로 쏠리는 곳
네 무덤 있거라.

잡초 무더기
저만치 가장자리에
꽃, 그 외로움을 자랑하듯

신동엽 !
꼭 너는 그런 사내였다.

아무리 잠깐이라지만
그 잠깐만 두어두고
너는 갔다.

저쪽 저
영광의 나라로 !

곡(哭) 정용해(鄭龍海)

부산의 문화계 인재
정용해(鄭龍海)형님이
드디어 타계(他界)했단다.

1986년도에
내가 에덴공원에서
시화전(詩畫展)을 열었을때
에덴공원 가까이
자기집이 있다고
자기집에 있으라고
강요한 정용해형님!

그 호의(好意)에 못이겨
그만 일주일간
정용해형님댁에서 묵었었다.

정용해형의 손자 욱진이가
어찌나 귀엽고 개구장인지
나는 조금도 심심할 때가 없었었다.

정용해씨는 이렇게

문화계의 왕초같았던
부산의 명인이었다.

아 이제 갔으니
어찌하랴.
다리가 아픈 나는
장례식에도 못가겠으니
아내를 대신 보낼까 한다.

정용해형 *!*
저승에서도
거물노릇 하시오.

고목

나는 삼십살 후반기에,
키엘케고올 전문가이자
우수한 평론가인 민병산(閔丙山)선생님(작고)의
권에 따라서
청주로 여행한 일이 있었습니다.
가서 만났던
민선생님의 친구분들이
어쩌면 그렇게도
다정다감하고 훌륭했을까요?
나는 그 친구분네들의 귀띔으로,
만석(萬石)꾼의 큰아들이
바로 민선생님인 줄 알았습니다.

청주의 여기 저기 보여 주면서
어느 곳으로 데려 가더니,
낡고 낡은, 영 허물어질 것 같은
나무를 보였습니다.
병산(丙山)선생님의 말씀으로는
약 5백년된 나무라고 하더군요 !
그렇지만
나는 따로 생각했습니다.

아마 그 이상 되지 않았을까 하고.
나는 복고주의자(復古主義者)입니다.

옛사람들이
오늘사람보다 더 행복했을 거라고요 !
옛사람들은
부산에서 서울 오는데
걸어서 왔습니다.
길을 가면서
주막이 있으면, 들러서 한잔하고,
여유만만하게
서울에 닿았을 때
얼마나 기쁘고 행복했겠습니까 ?
그래서 나는 복고주의자(復古主義者).

그 나무를
이리 저리 돌며, 바라보다가
'5백년'이 바로 이거로구나 하고
감탄 탄복했었습니다.

비오는 날

아침 깨니
부실부실 가랑비 내린다.
자는 마누라 지갑을 뒤져
1백50원을 훔쳐
아침 해장으로 나간다.
막걸리 한 잔 내 속을 지지면
어찌 이리도 기분이 좋으냐?
가방들고 지나는 학생들이
그렇게도 싱싱하게 보이고
나의 늙음은 그저 노인 같다.
비오는 아침의 이 신선감(新鮮感)을
나는 어찌 표현하리오?
그저 사는 대로 살다가
깨끗이 눈감으리요.

광화문 근처의 행복

광화문에,
옛 이승만독재와
과감하게 투쟁했던 신문사
그 신문사의 논설위원(論說委員)인
소설가 오상원은 나의 다정한 친구.

어쩌다 만나고픈 생각에
전화걸면
기어코 나의 단골인
'아리랑'다방에 찾아온 그.
모월 모일, 또 그랬더니
와서는 내 찻값을 내고
그리고 천원짜리 두 개 주는데―
나는 그때

"오늘만은 나도 이렇게 있다"고
포켓에서 이천원 끄집어 내어
명백히 보였는데도
"귀찮아! 귀찮아!"하면서
자기 단골 맥주집으로의 길을 가던 사나이!

그 단골집은
얼마 안 떨어진 곳인데
자유당때 휴간(休刊)당하기도 했던
신문사의 부장 지낸 양반이
경영하는 집으로
셋이서
그리고 내 마누라까지 참석케 해서
자유와 행복의 봄을─
꽃동산을─
이룬 적이 있었습니다.

하나님 *!*
저와 같은 버러지에게
어찌 그런 시간이 있게 했습니까?

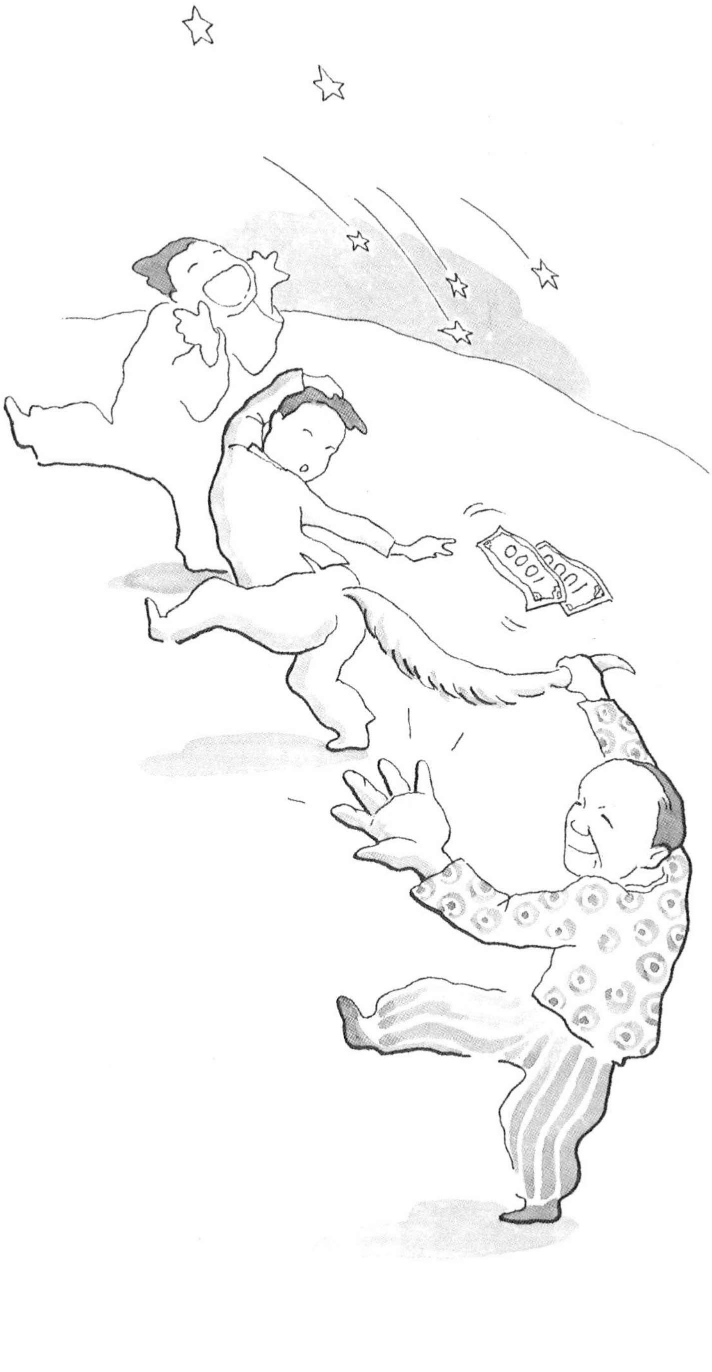

주부후보자들이여
―그대들은 다 미스 유니버스들―

필자는 희원(希願)해서가 아니었어도 말예요.
작년 미스 유니버스 고르는 광경을
텔레비전에서 보지 않을 수 없었어요 /
왜 그랬는가 하면은요―
그 시간에 필자는,
어느 예쁘장한 필자 시 애독자와
대화하고 있었기 때문이었어요 /

'선생님, 저도 여잔데,
어찌 이런 좋은 광경 아니 볼 수 있겠어요 /
끄지 말아 주세요 / '
이래서 할 수 없이 보게 됐지요 /

지금 이 시를 쓰는 시일은
1989. 1. 9(월요일)
심야 한시 십분경이랍니다.

그 씨인을 다 본 후에
한숨짓는 그 여대생에게
필자는 웃으며 말했지요 /

'아가씨 ! 한숨 짓지 말고
내 말좀 들어요.
아가씨도 싫든 좋든
미스가 아니라
미세스 기어코 됩니다.
그러면,
아가씨도 아니 !
신부(新婦), 아니될 수 없쇼.
신부가 되면 말예요 !
남편에겐 진짜 진짜
미스 유니버스 이상이 될 거예요 !'

내가 좋아하는 여자

내가 좋아하는 여자의 으뜸은
물론이지만
아내이외일 수는 없습니다.

오십둘이나 된 아내와
육십살 먹은 남편이니
거의 무능력자(無能力者)이지만

그래도 말입니다.
이 시 쓰는 시간은
89년 5월 4일
오후 다섯시 무렵이지만요ㅡ.

2, 3일 전날 밤에는
뭉클 뭉클
어떻게 요동을 치는지

옆방의 아내를
고함 지르며 불렀으나,
한참 불러도
아내는 쿨쿨 잠자는 모양으로

장모님의
"시끄럽다ㅡ, 잠좀 자자"라는
말씀 때문에

금시 또 미꾸라지가 되는 걸
필자(筆者)는 어쩌지 못했어요ㅡ.

은하수(銀河水)에서 온 사나이
─尹東主論

1
깊은밤
멍청히 누워 있으면
어디선가 소리가 난다.
방 안은 캄캄해도
지붕위에는
별빛이 소복히 쌓인다.
그 무게로 살짝 깨어난 것일까?
그 지붕 위 별빛 동네를 걷고 싶어도
나는 일어나기가 귀찮아진다.
가만히 귀 기울이면
소리가 난다.
무슨 소리일까?
지붕 위
별빛동네 선술집에서
누가 한 잔 하는 모양이다.
궁금해 귀를 쭈빗하면
주정뱅이 천사의 소리 같기도 하고,
도스토예프스키의 소리 같기도 하고,
요절한 친구들의 소리 같기도 하고……
아닐게다.

저 놈은

내 방을 기웃하는 도적놈이다.

그런데 내 방에는 훔쳐질만한 물건이 없다.

생각을 달리 해야지.

지붕 위에는 별이 한창이다.

은하수에서 온 놈일지도 모른다.

그래도 나는 겁이 안난다.

놈도

이 먼 데까지 와서

할일없이 나를 살피지는 않을 것이다.

들어오라 해도

말이 통하지 않을 텐데……

그런데도 뚜렷한 우리말로

한마디 남기고

놈은 떠났다.

"아침 해장은 내 동네서 하시오"

건방진 자식이었는가 보다.

2

비칠듯 말듯

아스름히 닿아오는

저 별은,
은하수 가운데서도
제일 멀다.
2억광년(二億光年)도 넘을 것이다.
그 아득한 길을
걸어 가는지,
버스를 타는지,
택시를 잡는지는 몰라도,
무사히 가시오.

소릉조(小陵調)
－七〇年 秋日에

아버지 어머니는
고향 산소에 있고

외톨배기 나는
서울에 있고

형과 누이들은
부산에 있는데

여비가 없으니
가지 못한다.

저승 가는 데도
여비가 든다면

나는 영영
가지도 못하나?

생각느니 아,
인생은 얼마나 깊은 것인가.

우리집 전화

드디어 우리집에
전화를 놓았다.

89년 10월 15일에
놓았는데
일요일이었는데
의정부시 전화국은
일요일에도 일을
하는 모양이다.

전화번호는
873의 5661인데
의정부 전화라는 걸
알아주기 바라오.

한무숙여사에게
02를 돌려서
전화를 했더니
한여사도 기뻐해 주더군요 !

낮에는

서울 — 인사동의 '귀천' 전화
734의 2828로
통화가 된다는 것을
잊지 말아 주기 바라오.

너무나도 점잖으신 의사님께서
-입원생활 가운데서

필자가 88년도 5월 17일 퇴원한 그 일주일 전날쯤에 매일 아침 열시 무렵에 회진오시던 구내과 과장님이 두 간호원과 함께 또 오셔가지고는 필자의 만삭이던 복부를 이리저리 진단하시면서

"일주일만 있으면 깨끗하게 퇴원되겠습니다"

하시는 거였습니다.

그 말씀을 듣고 안심해야 할 필자가 되려 과장님의 소매를 붙잡으며 애걸했습니다.

"과장님 그런데 이 배꼽 좀 봐 주세요. 왜 이리 일 센치쯤 배 위에 올라와 있는지, 큰 걱정입니다."

했더니

"아닙니다. 그 배꼽도 차차 배속으로 가라 앉아서, 가라앉은 정도가 아니고 드디어는 침대 밑으로까지 빠질 겁니다!"

하시지 않겠어요!

귀천(歸天)

나 하늘로 돌아가리라.
새벽빛 와 닿으면 스러지는
이슬 더불어 손에 손을 잡고,

나 하늘로 돌아가리라.
노을빛 함께 단 둘이서
기슭에서 놀다가 구름 손짓하며는,

나 하늘로 돌아가리라.
아름다운 이 세상 소풍 끝내는 날,
가서, 아름다웠더라고 말하리라……

생일 없는 놈

나같은 어리석은 놈에겐
생일잔치가 없었습니다.
오십두 살인데도
단 한번도 없었고
앞으로도 없을 겁니다.

있기 마련인 잔친데
왜 없었을까요?
간단한 이유입니다.
30년 음력 설날에
이 놈이 태어났기 때문입니다.

어버이는 어버이대로
설날준비와
제사 모실 생각에
온 마음이 팔렸었고
나는 나대로
생일 생각은 전무(全無)할 수 밖에는……

나의 가난은

오늘 아침을 다소 행복하다고 생각는 것은
한 잔 커피와 갑 속의 두둑한 담배,
해장을 하고도 버스값이 남았다는 것.

오늘 아침을 다소 서럽다고 생각는 것은
잔돈 몇 푼에 조금도 부족이 없어도
내일 아침 일도 걱정해야 하기 때문이다.

가난은 내 직업이지만
비쳐오는 이 햇빛에 떳떳할 수가 있는 것은
이 햇빛에서도 예금통장은 없을 테니까……

나의 과거와 미래
사랑하는 내 아들딸들아,
내 무덤가 무성한 풀섶으로 때론 와서
괴로왔을 그런대로 산 인생 여기 잠들다, 라고,
씽씽 바람 불어라……

마음 마을

내 마음의 마을을
구천동(九千洞)이라 부른다.
내가 천씨요 구천(九千)만큼
복잡다단한 동네다.

비록 동네지만
경상남도보다 더 넓고
서울특별시도 될 만하고
또 아주 조그만 동네밖에 안될 때도 있다.

뉴욕의 마천루(摩天樓) 같은
고층건물이 있는가 하면
초가(草家) 지붕도 있고
태고시대(太古時代)의 동굴도 있다.

이 마을 하늘에는
사시장철 새가 날아다니고
그렇지 않을 때는 흰구름이 왕창 덮인다.

이 마을 법률은
양심(良心)이 있을 뿐이고

재판소(裁判所) 따위로는
양심법재판소(良心法裁判所) 밖에는 없다.

여러 가지로 지적(指摘)하려면
만자(萬字)도 모자란다.
복잡하고 복잡한 이 마음 마을이여.

光化門에서

　아침길 광화문에서 '눈물의 여왕' 그녀의 장례 행진을
본다. 만장이 나부끼고, 악대가 붕붕거리고, 여러대의 차
와 군중이 길을 메웠다. 나는 곰곰이 생각해보았다. 죽은
내 아버지도 '눈물의 여왕' 그녀의 열렬한 팬이었댔지
……아니다. 그런 것이 아니다. 문인들 장례식도 예총광
장에서 더러 있었다. 만장도 없고, 악대는 커녕, 행진은
커녕 아주 형편 없는, 초라하기 짝이 없는 모임이었다.
그 초라함을 위해서만이 그들은 '시'를 썼다.

제 4 부

새가 부르는 아리랑

편 지

점심을 얻어 먹고 배부른 내가
배고팠던 나에게 편지를 쓴다.

옛날에도 더러 있었던 일,
그다지 섭섭하진 않겠지?

때론 호사로운 적도 없지 않았다.
그걸 잊지 말아 주기 바란다.

내일을 믿다가
이십년 /

배부른 내가
그걸 잊을까 걱정이 되어서

나는
자네한테 편지를 쓴다네.

푸른 것만이 아니다

저기 저렇게 맑고 푸른 하늘은
자꾸 보고 또 보고 보는데
푸른 것만이 아니다.

외로움에 가슴 조일때
하염없이 잎이 떨어져 오고
들에 나가 팔을 벌리면
보일듯이 안 보일듯이 흐르는
한 떨기 구름.

3월, 4월 그리고 5월의 신록
어디서 와서 달은 뜨는가
별은 밤마다 나를 보던가.

저기 저렇게 맑고 푸른 하늘을
자꾸 보고 또 보는데
푸른 것만이 아니다.

공상(空想)

기어이 스며드는 것

절벽(絶壁)위에서
아슬한 그 절벽(絶壁)위에서

아 /
저 화원(花園)입니다.
서 처너(處女)입니다.
─붉고 푸르고 누른 내 마음의 마차(馬車)여
오늘은 또 어디메로 소리도 없이
나를 끌고 가는가.

자연의 은혜

— 서울의 소년소녀들에게 —

애들아 들어라
이 할아버지의 말을 들어라.

지금은 12월 겨울이지만
이윽고 내일
봄이 온다.

자연은
커다란 문을 열고
자연의 은혜를
활짝 열어줄 것이다.

산이나 들에
꽃이 만발하고
싱싱한 나무가
너희들을 맞이할 것이다.

자연의 은혜는
너무도 넓고 기쁘다.

시골에 가서

그 자연의 은혜를
맛보아라.

주막(酒幕)에서

— 도끼가 내 목을 찍은 그 훨씬전에 내 안에서
죽어간 즐거운 아기를 〈쟝쥬네〉

골목에서 골목으로
저기 조그만 주막집
할머니 한 잔 더 주세요.
저녁 어스름은 가난한 시인의 보람인 것을······
흐리멍텅한 눈에 이 세상은 다만
순하디 순하기 마련인가,
할머니 한 잔 더 주세요.
몽롱하다는 것은 장엄(壯嚴)하다.
골목 어귀에서 서툰 걸음인 양
밤은 깊어 가는데,
할머니 등 뒤에
고향의 뒷산이 솟고
그 산에는
철도 아닌 한겨울의 눈이
펑펑 쏟아지고 있는 것이다.
그 산 너머
쓸쓸한 성황당 꼭대기,
그 꼭대기 위에서
함박눈을 맞으며, 아이들이 놀고 있다.
아기들은 매우 즐거운 모양이다.
한없이 즐거운 모양이다.

바람에게도 길이 있다.

강하게 때론 약하게
함부로 부는 바람인 줄 알아도
아니다! 그런 것이 아니다!

보이지 않는 길을
바람은 용케 찾아간다.
바람길은 사통팔달(四通八達)이다.

나는 비로소 나의 길을 가는데
바람은 바람길을 간다.
길은 언제나 어디에나 있다.

행 복

나는 세계에서
제일 행복한 사나이다.

아내가 찻집을 경영해서
생활의 걱정이 없고
대학을 다녔으니
배움의 부족도 없고
시인이니
명예욕도 충분하고
이쁜 아내니
여자 생각도 없고
아이가 없으니
뒤를 걱정할 필요도 없고
집도 있으니
얼마나 편안한가.
막걸리를 좋아하는데
아내가 다 사주니
무슨 불평이 있겠는가.
더구나
하나님을 굳게 믿으니
이 우주에서

가장 강력한 분이
나의 빽이시니
무슨 불행이 온단 말인가!

한 가지 소원(所願)

나의 다소-명석한 지성과 깨끗한 영혼이
흙 속에 묻혀 살과 같이
문들어지고 진물이 나 삭여진다고?

야스퍼스는
과학에게 그 자체의 의미를 물어도
절대로 대답하지 못한다고 했는데—

억지 밖에 없는 엽전 세상에서
용케도 이때컷 살았나 싶다.
별다른 불만은 없지만,

똥걸레 같은 지성은 썩어 버려도
이런 시를 쓰게 하는 내 영혼은
어떻게 좀 안될지 모르겠다.

내가 죽은 여러 해 뒤에는
꾹 쥔 십원을 슬쩍 주고는
서울길 밤버스를 내 영혼은 타고 있지 않을까?

강 물

강물이 모두 바다로 흐르는 까닭은
언덕에 서서
내가
온종일 울었다는 그 까닭만은 아니다.

밤새
언덕에 서서
해바라기처럼, 그리움에 피던
그 까닭만은 아니다.

언덕에 서서
내가
짐승처럼 서러움에 울고 있는 그 까닭은
강물이 모두 바다로만 흐르는 그 까닭만은 아니다.

간(肝)의 반란(叛亂)

60먹은 노인과 마주 앉았다.
걱정할 거 없네,
그러면 어쩌지요?
될대로 될 걸세……

보지도 못한 내 간(肝)이
괘씸하게도 쿠데타를 일으켰다.
그 쪼무래기가 뭘 할까만은
아직도 살고픈 목숨 가까이 다가온다.

나는 원래 쿠데타를 좋아하지 않는다.
그 수습을
늙은 의사에게 묻는데,
대책이라고는 시간 따름인가!

새

　최신형기관총좌(最新形機關銃座)를 지키던 젊은 병사
는 피비린내나는 맹수(猛獸)의 이빨같은 총구(銃口)옆에
서 지루하기 짝이 없었다. 어느날 병사는 그의 머리 위
에 날아온 한 마리 새를 다정하게 쳐다보았다. 산골 출
신인 그는 새에게 온갖 아름다운 관심을 쏟았다. 그 관
심은 그의 눈을 충혈케했다. 그의 손은 서서히 움직여
최신형기관총구(最新形機關銃口)를 새에게 겨냥하고 있
었다. 피를 흘리며 새는 하늘에서 떨어졌다. 수풀 속에
떨어진 새의 시체(屍體)는 그냥 싸늘하게 굳어졌을까.
온 수풀은 성(聖)바오로의 손바닥인 양 새의 시체를 어
루만졌고 모든 나무와 풀과 꽃들이 모여들었다. 그리고
부르짖었다. 죄없는 자의 피는 씻을 수 없다. 죄없는 자
의 피는 씻을 수 없다.

새

외롭게 살다 외롭게 죽을
내 영혼(靈魂)의 빈 터에
새날이 와, 새가 울고 꽃잎 필 때는,
내가 죽는 날
그 다음 날.

산다는 것과
아름다운 것과
사랑한다는 것과의 노래가
한창인 때에
나는 도랑과 나무가지에 앉은
한 마리 새.

정감(情感)에 그득찬 계절
슬픔과 기쁨의 주일,
알고 모르고 잊고 하는 사이에
새여 너는
낡은 목청을 뽑아라.

살아서
좋은 일도 있었다고

나쁜 일도 있었다고
그렇게 우는 한 마리 새.

새

저것 앞에서는
눈이란 다만 무력할 따름.
가을 하늘가에 길게 뻗친 가치 끝에,
점찍힌 저 절대정지(絶對靜止)를 보겠다면……

본다는 것은 무엇인가.
있는 것과 없는 것의
미묘하기 그지없는 간격(間隔)을,
이어주는 다리(橋)는 무슨 상형(象形)인가.

저것은
무너진 시계(視界) 위에 슬며시 깃을 펴고
피빛깔의 햇살을 쪼으며
불현듯이 왔다 사라지지 않는가.

바람은 소리없이 이는데
이 하늘, 저 하늘의
순수균형(純粹均衡)을
그토록 간신히 지탱하는 새 한 마리.

새·2

그러노라고
뭐라고 하루를 지껄이다가,
잠잔다—

바다의 침묵(沈黙), 나는 잠잔다.
아들이 늙은 아버지 편지를 받듯이
꿈을 꾼다.
바로 그날 하루에 말한 모든 말들이,
이미 죽은 사람들의 외마디 소리와
서로 안으며, 사랑했던 것이나 아니었을까?
그 꿈속에서……

하루의 언어를 위해, 나는 노래한다.
나의 노래여, 나의 노래여,
슬픔을 대신하여, 나의 노래는 밤에
잠잔다.

새 · 3

저 새는 날지 않고 울지 않고
내내 움직일 줄 모른다.
상처가 매우 깊은 모양이다.
아시지의 성(聖)프란시스코는
은총(恩寵) 설교를 했다지만
저 새는 그저 아프기만 한 모양이다.
수백년 전 그날 그 벌판의 일몰(日沒)과 백야(白夜)는
오늘 이 땅 위에
눈을 내리게 하는데
눈이 내리는데……

새
－아폴로에서

참으로 오랜만에 음악을 듣는 것이다. 내 마음의 빈
터에 햇살이 퍼질 때, 슬기로운 그늘도 따라와 있는 것
이다. 그늘은 보다 더 짙고 먹음직한 빛일지도 모른다.

새는 지금 어디로 갔을까? 골짜구니를 건너고 있을까?
내 마음 온통 세내어주고 외국여행을 하고 있을까?

돌아오라 새여 ! 날고 노래하기 위해서가 아니고 ! 이
그늘의 외로운 찬란을 착취하기 위하여 !

서대문에서
—새

　지난날, 너 다녀간 바 있는 무수한 나뭇가지 사이로
빛은 가고 어둠이 보인다. 차가웁다. 죽어가는 자의 입에
서 불어오는 바람은 소슬하고, 한번도 정각을 말한 적
없는 시계탑 침이 자정 가까이에서 졸고 있다. 계절은
가장 오래 기다린 자를 위해 오고 있는 것은 아니다.
너 새여……

미 소
―새

1
입가에 흐뭇스레 진 엷은 웃음은,
삶과 죽음 가에 살짝 걸린
실오라기 외나무다리.

새는 그 다리 위를 날아간다.
우정과 결심, 그리고 용기
그런 양 나래 저으며……

풀잎 슬몃 건드리는 바람이기보다
그 뿌리에 와 닿아주는 바람
이 가슴팍에서 빛나는 햇발.

오늘도 가고 내일도 갈
풀밭 길에서
입가 언덕에 맑은 웃음 몇번인가는……

2
햇빛 반짝이는 언덕으로 오라
나의 친구여.

언덕에서 언덕으로 가기에는
수많은 바다를 건너야 한다지만

햇빛 반짝이는 언덕으로 오라
나의 친구여……

새소리

새는 언제나 명랑하고 즐겁다.
하늘밑이 새의 나라고,
어디서나 거리낌 없다.
자유롭고 기쁜 것이다.

즐거워서 내는 소리가 새소리다.
그런데 그 소리를
울음소리일지 모른다고
어떤 시인이 했는데, 얼빠진 말이다.

새의 지저귐은
삶의 환희요 기쁨이다.
우리도 아무쪼록 새처럼
명랑하고 즐거워하자 /

즐거워서 내는 소리가
새소리이다.
그 소리를 괴로움으로 듣다니
얼마나 어처구니 없는 놈이냐.

하늘 아래가 자유롭고

마음껏 날아다닐 수 있는 새는
아랫도리 인간을 불쌍히 보고
아리랑 아리랑 하고 부를지 모른다.

그날은
—새

이제 몇년이었는가
아이론 밑 와이샤쓰같이
당한 그날은……

이제 몇년이었는가
무서운 집 뒷창가에 여름 곤충 한마리
땀흘리는 나에게 악수를 청한 그날은……

네 살과 뼈는 알고 있다.
진실과 고통
그 어느쪽이 강자인가를……

내 마음 하늘
한편 가에서
새는 소스라치게 날개 편다.

무명(無名)

뭐라고
말할 수 없이
저녁놀이 져가는 것이었다.

그 시간과 밤을 보면서
나는 그때
내일을 생각하고 있었다.

봄도 가고
어제도 오늘 이 순간에도
빨가니 타서 아, 스러지는 놀빛

저기 저 하늘을 깎아서
하루 빨리 내가
나의 무명(無名)을 적어야 할 까닭을

나는 알려고 한다.
나는 알려고 한다.

다 음

멀잖아 북악(北岳)에서 바람이 불고
눈을 날리며, 겨울이 온다.

그날, 눈오는 날에
하얗게 덮인 서울의 거리를
나는 봄이 그리워서 걸어가고 있을 것이다.

아무것도 없어도
나에게는 언제나
이러한 '다음'이 있었다.
이 새벽, 이 '다음'
이 절대(絶對)한 불가항력(不可抗力)을
나는 내 것이라 생각한다.

이윽고, 내일
나의 느린 걸음은
불보다도 더 뜨거운 것으로 변하여
나의 희망은
노도(怒濤)보다도 바다의 전부보다도
더 무거운 무게를 이 세계에 줄 것이다.

그러므로, 이 '다음'은
눈오는 날의 서울 거리는
나의 세계의 바다로 가는 길이다.

제 5 부

내 영혼의 빈터에
햇살이 퍼질때

5, 6부에 수록된 미발표작은
천상병 시인이 70년대 가장 몸이 불편했던
시기에 썼던 시로 여러사람의 손을 거쳐
보관돼 오다 이번에 책으로 엮어졌다.
여기에 수록된 천상병 시인의
초기시 40편에는 당시의 시인의 심정과
생활의 일면이 잘 나타나 있다. 〈편집자 주〉

무위(無爲) · 1

하루종일 바빠도
일전한푼 안 생기고
배만 고프고 허리만 쑤신다.

이제 전세계를 다 준다고 해도
할일이 없고 움직일 수도 없다.
절대절명(絶對絶命)이니 무아지경(無我之境)이네.

도라니 이런 것인가 싶으다.
선경(仙境)이라니 늙은 놈만 있는 게 아니다.
아무것도 안하는 것이 최고다.

해변(海邊) · 2

잡다한 직선이 모여 들어야만
이와 같은 직평면체(直平面體)가 구성될 성싶은데,
그런 직선(直線)이라고는 도방 없는 것 같다.

그러기에 가난뱅이 시인이 다소곳하게,
눈꼴 사납게 직선(直線)의 자죽을 찾는 것도 할 수 없다.
저렇게 생기복(生起伏)을 이룬 가면노도(假面怒濤)가 탈
이다.
오대양에 비교하면 턱도 없지만서도.

심연(深淵)이란 깊다는 것만이 이유가 아닐게다.
수심이 시꺼멓다고 깊이를 알게 뭐냐.
고심참담(苦心慘憺)하게 알필요 없고 필요상 덮어두자.

매일마다 내일

나는 매일 밤마다
내일! 내일하고 마음먹습니다.
내일 안찾는 오늘이 없고
오늘없이 내일이 있지 못합니다.

우리나라는 70년대때는
80년도에 희망을 걸어왔었는데
81년인 금년엔
90년대의 복지국가를 꿀 겁니까?

우리 민족의 선진국발전을
모름지기 희구하여 갈망하는데
나는 구세주(救世主)님과 하나님의 축복(祝福)이
배달민족 온 마음에 비추시기를……

책미치광이

내나이 이제 오십한살.
말썽꾸러기 내가
아직 한번도 안했던 자기자랑을
여기 적어 볼까 합니다.
자기자랑은 팔불출이지만
초로의 노인이 된 내가
어찌 불출이 되지 못하겠습니까?

국교 이학년때부터
나는 일본서 살았는데
어머니는 나를 '책미치광이'라 불렀습니다.
미치광이라니 천만의 말씀!
읽어서 큰 공부되고
덕볼뿐만 아니라 재미만점이고
지식과 슬기를 주는 독서가
왜 미치광이란 말입니까!

국교 육년때 일이었는데
일본에서, 나 살던 곳은
치바켄 타태야마시 호오죠동네였는데
그 역전 근처에

시립도서관이 있었고,
학교 파하면
나는 반드시 거기 갔었습니다.
다닌지 칠팔개월 지난 어느날,
아내하고 두사람뿐인 어른직원이,
목욕하고 온다고 하면서
도서관 지켜달라면서
서적 서가 열쇠를
내게 맡기는 것이었습니다.

그 어른은
시립도서관장이 아니었겠습니까?
그러니까 국교육년생이
단시간만이라도
시립도서관장 임시대행을
살짝 지냈다는 꼴이 아닙니까?

우스우면 우습고,
맹랑한 시간이었습니다.

송(頌)브라암스

오늘 나는, 오후 3시 명동천주교성당 대문앞 골목길, 고전음악다방 '크로이체'서 브라암스 교향곡 제4번을 들으며, 눈물겹게 앉아있습니다.

세상에 이렇게도 근사하고 훌륭한 음악이 있을 성싶지 않습니다. 내 가슴의 눈물겨움은, 다만 소리내어 울지 않게끔 해야겠다는 결의의 상징일 겁니다.

고전음악을 처음 듣기 시작한 것은, 미국군정하(美國軍政下)의 중학교 4학년때 무렵이었습니다. 요새말로 하면 고교2학년때입니다.

그 당시 나는 구마산시장(舊馬山市場)의 일본어 책방에서 공짜로 책을 수없이, 구체적으로는, 퇴교(退校)때 매일같이 들러서 약 한시간 가까이 읽었으며, 그러다가 책방 주인이 날 부르더니 '읽고 싶은 책은 집에 가져가서 읽게. 그리고 다 읽었으면 다시 그 자리로 꽂아 놓게' 했었습니다.

그런데 한 2개월동안 책방이 나의 무료(無料)독서실이었던 사이에, 무심코 나는 고전음악속에 있었던 것입니다. 왜냐하면 그 책방옆은 다방으로서 쉴새없이 고전음악을 틀고 있었기 때문입니다.

아주 조금

나는 술을 즐기지만
아주 조금으로 만족한다.
한자리 앉아서 막걸리 한잔.

취해서 주정부리 모른다.
한잔만의 기분(氣分)으로
두 세시간 간다.

아침 여섯시,
해장을 하는데
이 통쾌감(痛快感)! 구름타다.

조류(潮流) · 2

이 조류란 놈의 길이는 얼마만큼 장거리일까. 폭은 또한 얼마나 될 것이냐. 같은 거리를 시종일관(始終一貫)해서 왕래하고 있는 게 아닐까. 아니다. 유역(流域)은 있다. 있기는 있되 어느쪽인지는 도방 알길이 없구나. 꼭선사기(先史期) 이전의 신화시대(神話時代)를 눈앞에 방불하는 것 같다. 그 당시의 인물들처럼 똑똑하게 떠오른다. 그러니 그 당시의 바다가 똑바로 조류(潮流)가 아니었드냐. 자기자신의 깊숙한 심정(心情)처럼 유쾌하고 선명했을지도 모른다.

연기

나무가 타면
연기가 나고
그 연기는 하늘하늘 올라간다.

나는 죽으면 땅속인데
그래도 나의 영혼은
하늘에의 솟구침이어야 하는데

어찌 나의 영혼이
나무보다 못하겠는가?
죽은 다음에는 연기이기를 /

아기비

부실부실 아기비 나리다.
술 한잔 마시는데, 우산 들고 가니
아기비라서 날이 좀 밝다.

비는 예수님이나 부처님도 맞았겠지.
공(公)도 없고 사(私)도 없는 비라서
자연(自然)의 섭리의 이 고마움이여!

하늘의 천도(天道)따라 오시는 비를
기쁨으로 모셔야 되리라.
지상(地上)에 물없이는 하루도 못사는 것을.

새벽

새벽에 깨는 나
어슴프레는 오늘의 희망!
기다리다가 다섯시에 山으로 간다.

여기는 상계1동
산에 가면 계곡이 있고,
나는 물속에 잠긴다.

물은 아침엔 차다.
그래도 마다 않고
온몸을 적신다.

새벽은 차고 으스스 하지만
동쪽에서의 훤한 하늘빛
오늘은 시작된다.

나는 행복(幸福)합니다

나는 아주 가난해도
그래도 행복(幸福)합니다.
아내가 돈을 버니까 /

늙은이 오십세살이니
부지런한 게 싫어지고
그저 드러누워서
KBS 제1FM방송의
고전음악을 듣는 것이
최고(最高)의 즐거움이오. 그래서 행복(幸福).

텔레비전의 희극(喜劇)을 보면
되려 화가 나니
무슨 지랄병(病)이오?

세상은 그저
웃음이래야 하는데
나에겐 내일도 없고
걱정도 없습니다.
예수님은 걱정하지 말라고 했는데
어찌 어기겠어요?

행복은 충족입니다.
나 이상의 충족이 있을까요?

산소의 어버이께

두분 아버지 어머니 영혼은,
하나님께 인사드렸는지요?
죽은 내친구 인사 받으셨는지요?

생각컨대
어버이님은 아무런 죄 없으시고
착실하고 다투지 않으셨습니다.

어머님은 아버님보다 10년 더 넘게
오래 사셨다 가셨는데
하늘나라서 행복한 초혼(初婚) 영원히 비슷하겠군요.

그저 둘째아들 염려이실테고
요놈이 게으름뱅이노릇 그만하고
천국(天國) 가까이나 와 주었으면 하시겠지요 !

소야(小夜)

소야(小夜)는 괜히 고요스레 충일(充溢)하고,
과감하게도 일찍 일어났다.
그러나 어떤 소식(消息)이 없고 보매,
마치 조그만 섭리(攝理)가 어슴프레하다.
기차(汽車)소리 가득히 요란하고,
저 기차(汽車)는 언제 서울에서 떠났든가?

길 · 1

옛날에는 도학자(道學者)들이 있어서
죽림칠현(竹林七賢)이니 하여 소풍하였다.
강변같은 명산대처(名山大處)에서 왕초들이었다.

길이라고 어리석게 인식할 것이 아니다.
도대체 어디서 시작하고 끝나는 것인지 알똥말똥이다.
옆으로 길다랗다 뿐이다.

이 마을에서 저 마을로 가기에도
꾸불꾸불 길을 따라가고,
사람은 버러지처럼 길에 밀착(密着)되었다.

닮은 것은 강이다.
상류에서 하류로 하구(河口)에서 바다로,
다르다면 고기들이 있다는 것 아닌가!

다리를 건너면 또 계속하여 길이니,
길은 이 지상의 왕초다.
해의 궤적(軌跡)조차 자리는 없다.

집·1

형님의 집은 부산시 동구 수정4동 97.
크잖고 적잖고 중류의 2층이다.
별불편이 없는 것이 탈이면 탈일까.

다소 높아서 해변항구가 뜰이나 마찬가지.
망망(茫茫)히 넓은 뜰이라서 자랑이다.
일본까지 옆집이나 다름이 없지.

나는 조카들 세놈과 사이가 좋지.
형이나 형수하고는 그렁저렁이지만.
재미도 있고 흥미롭고 귀엽기 짝이 없다.

삼촌인 나는 집도 절도 없는 쌍놈이지만.
조카들은 그런 것 따지지 않는다.
십원이 있으면 더 인기(人氣)를 끌텐데……

집 · 2

가정이라는 것이 화평(和平)할 때는
집이 평화롭고 태평할 때.
나는 시만을 짓고 있어도 될텐데……

나는 유명한 시인으로 자처(自處)하니
건덕지도 없이 오만불손하며
그런대로 가만히 놔 주면 그만이야……

그런데도 불구하고
조카들은 아랑곳 없이
나에게만 덤빈다.

어떻게 되든지 이건 내집이 아니야.
그러니 나도 또한 소극적일 수밖에.
조카들아 집과 나를 혼동(混同)하지 말아라.

집 · 4

내 방에는, 허름해도 가치있는
책이 다소 있는데 읽으며 또 앞으로 읽어야 할 책이다.
중학생의 국어교과서에서 많은 걸 배운다.
역사도 지리도 자전(自傳) 등 여러가지다.
얼마전날에는 손문(孫文)의 자전(自傳)을 읽었는데……
초기혁명(初期革命)에는 열번도 더 실패하더군……

한번 두번 실패는 단 벌꿀이다.
목숨 걸고 하는 초기혁명(初期革命)도
열번째나 되니, 인명재천(人命在天)이 아닌가……

집 · 5

옛날엔 옥상에 끽하면 올라갔는데
이제는 열쇠가 없으니 불가능(不可能)이다.
형도 없고 조카들도 없으니 셋집뿐이다.

소인(小人)들 하고는 말하기도 귀찮다.
그것은 오래전부터의 나의 습관이다.
뺏기기도 싫고 잃기도 싫은 나의 성격이야.

그래도 열쇠없는 대인(大人)이라니
그림의 떡이요 미술품(美術品)의 여상(女像)이다.
낮잠도 안오고 망망(茫茫)한 대해(大海)와 같다.

노도(怒濤)

황풍(荒風)아래 제철이 한창이다.
굳센 공간상(空間相)이지만은
그래도 일말의 서정미(抒情美)를 풍기는 것은 물이다.

직선형광경(直線型光景)에 저항(抵抗)하는 것은
약하디 약하고 형편없이 무력하기만 한
액체집단의 마지막 몸부림이다.

소금은 대지(大地)의 소금이라지
그래도 물속에 있어야만 현상유지다.
바람아 더욱 불어라. 그래야 일요일이다.

노도(怒濤)·1

바다의 물결은 파폭(波幅)이 매우 세다.
그 거리도 긴 것 같고
스케일이 세계적이요 우주적이다.

수심(水深)은 몇킬로미터나 될까?
요량할 수도 없다.
생선(生鮮)들도 모른다.

노도(怒濤)는 풍속으로 일어나지만은
여러가지 생명체의 시원체(始原體)인데
그래도 그런 흔적도 없고 아예 숨긴다.

제6부

어머니 변주곡(變奏曲)

백제(百濟) · 1

지금의 전라도(全羅道)는 옛날의 백제의 판도(版圖)다.
의자왕(義慈王)이 아니었다면,
그저그저 뻐틸만한 국력(國力)인 것을……

왜(倭)놈들도 배울대로 배웠다……
서기(書記)니 하여 덤빈 것도 류(類), 왕인(王仁)과,
그리고 다수의 귀화민(歸化民) 덕택이다.

그러니까 문화(文華)는 우리 선조가 비롯했다.
당시의 민족은 고수준(高水準)의 문화를 만세불렀다.

백제(百濟)・3
─大河─

내륙하(內陸河)라는 강이 지도(地圖)를 보면 있어요.
시작도 끝도 없고 길기만은 해요.
태양과 현상과 기온이 부지중(不知中)에 그어놓았네.

아마존강은 실제로 대하(大河)요,
백제(百濟)의 금강(錦江)은 터무니 없어요.
영산강도 있지만 더구나 반도(半島)의 꾸불한 강이네.

무엇이 내륙하(內陸河)속에 살았을까요.
생선(生鮮)은 온도때문에 못살았을 게요.
전라도의 광명은 그 산릉(山陵)이었네.

인도(印度)

이와 같이도 국민소득이 극소한 후진국에도 고급층(高級層)의 문화적일 수가 있는 여성수상(女姓首相)이 집권하다니 부러운 일이다.

종족(種族)도 많고 정부간의 치열한 투쟁(鬪爭)도 수다하게 많다. 그런데 개개(個個)는 온순하기 짝이 없단다. 사회도 따라서 조용하겠지.

최고의 선사시대(先史時代)를 자랑하고 싶겠지만은 잔인한 행위도 여러가지였다. 이율배반(二律背反)이 아니고 무엇이란 말인가.

인도(印度) · 2

　코끼리는 한평생 말라빠진 농작물(農作物)의 마지막 남은 부분을 쳐먹는다고 하는데 그 반면, 인도민족(印度民族)의 육체는 터무니없이 큼지막하다. 서양족속(西洋族屬)들보다 크지 않을까 싶으다. 밥도 지방분은 섭취(攝取)하지 않는다는데 이건 무엇이라고 비교해야 좋단 말인가? 코끼리나 인도민족은 꽤 닮지 않았나 하는 거다. 그런데 종족학(種族學)으로는 인도민족은 아리아 계통이라고 하는데, 코끼리는 무슨 과(科)에 들어가는가. 분류하면 포유류겠지만은 민족(民族)이나 코끼리가 그렇게도 상이점(相異點)이 같을까?

인도(印度)·3

　사원(寺院), 그것도 규모가 과연 큼지막한 놈이 군집 (群集)을 이뤘다고 하는데 승려는 과일을 얻어다녀야 한 다니 모순투성이다. 예수가 태어났을 때 동방(東方)의 세박사가 축하차, 방문(訪問)했다고 하는데 기적(奇蹟) 이라고 하지 않을 수가 없다. 무슨 선물을 드려 바쳤는 지 궁금하거니와 아마 모국(母國) 인도의 다이아가 아니 었을까 생각하고 싶은데, 좀더 고가(高價)의 물건이었는 지도 모르겠다. 우리 나라에도 힌두교도가 더러 조그마 치만 있고, 불교도도 많이 있다.

하늘위의 일기초(日記抄)
— 냇물가 植物 —

냇물가 식물은 꼭 동양(東洋)의 군자와 같다네.
움직일려고 하는데 그것은 물의 흐름 때문이다.
무엇을 믿고 있는 것인지 요량할 수도 없다네.
동양의 군자들은 유교(儒敎)를 신봉했는데,
요것들은 유교(儒敎)라니 턱도 없을 테니,
자기들의 뿌리나 믿는 게 아닐까.

하여튼 바다와 육지가 섞이는 고장이다.
게도 장난삼아 왕래(往來)하겠다.
영양분있는 반식(飯食)이 없나 하고 말이다.

사회계급(社會階級)이니 그런 것이 있을까……
다들 평등해서 착취나 노예도 없을 게다.
군대조직단(軍隊組織團)이니 뭐니 하는 불필요한 것도.

하늘위의 일기초(日記抄)
—河口—

최남단인 부산항구, 다대포(多大浦)는
낙동강(洛東江) 하구(河口)요 바다의 접촉점이다.
옛날에는 해상교통사고도 더러 있었다는데……

저쪽 저 멀리에는 일본국이 있을 것이며
안 닿던 곳이 없지 않을까?
런던도 바닷길을 해서 연맹체(聯盟體)일까요.

어디로 가든지 갈 수 있고 또 갈 수도 없다오.
북극(北極)에라도 배만 있으면 가겠다나.
추위가 혹심해서 견딜 수가 없겠구나.

하구는 꽤 복잡다단하다.
내부지밀(內部至密)에서는 고기들의 생식때문에 바쁘고
외면표피(外面表皮)에서는 양쪽 부유물(浮遊物)들이
논다.

하늘위의 일기초(日記抄)
―生鮮―

천국에 생선(生鮮)이 있는지 없는지 미루워 짐작하라.
고래같은 대어(大魚)는 없겠지만은 돔새끼는 있을 것이다.
잡다한 추한 생선은 없으면 좋겠는데……

맛이 좋든 그르든 그 신기함에 환성을 지를 것이다.
대체로 맛이 좋은 게 생선이니까.
요리책이나 갔다놓고 이러쿵 저러쿵 아옹다옹이다.

물은 벌써 준비되어 있고 끄집어 내기만 하면 되는데.
이 요리(料理)쟁이는 꼼짝도 안한다.
그저 구경만 하고 춤이나 추라는 것인가……

웬만하면 이젠 구경하는 것도 싫증이 난다.
견딜려니 고역(苦役)이요 악경험(惡經驗)이다.
이만하면 지옥에 가져다 냅다 버렸으면……

어머니 변주곡(變奏曲)

어릴적이었지만은 자가제(自家製) 연날기를 했단다.
유리가루를 연실줄에 묻혀서 날린다.
그러면 5, 6세 연령인데도 오십미터 가까이 날아간다.

연날리기대회는 내 고향, 진동에서는 설날인가 했단다.
나는 중학생인 형님과 짝을 지어 관망(觀望)하면서
일심(一心)으로 상대가 될 대항자(對抗者)를 찾는다.

마침 호기(好氣)어린 짝놈을 찾는다.
전쟁(戰爭)을 걸어오면은 사야한다네.
붙기는 붙었다.

날고 있는 연을 교차해서 대항자(對抗者)의 연을 날리면
이긴다.
벌써 대항자(對抗者)의 연은 바닷바람에 높이도 솟는다.
나는 목을 한참 들면서 꺼질 때까지 바라볼 뿐이다.

그 무렵, 어머니께서 형님과 나의 전승을 기도하면서
집에서 대기하셨겠지만은
그 어머니, 지하(地下)에 계신지 10년도 넘는다.

어머니 변주곡(變奏曲) · 4

어머니는 앓다가 저 세상(世上)으로 가셨다.
둘째 누이의 이실직고(以實直告)로는
거의 괴로울대로 괴로웠단다.

불행(不幸)한 일이다.
만사에 있어 무사태평(無事泰平)했던 당신께서
임종기(臨終期)가 그랬다니 아들인 나는 쥬피터에게
항의(抗議)하고 싶다.

살결이 다소 나와 닮아서 검었다는 것 말고는
신체조건(身體條件)은 깨끗하셨고 훌륭했었다.
그런데도 그 그런 고달픈 충격의 고역(苦役)이었다니

성서(聖書)의 전면(全面)을 들쳐 읽어도
그러한 대목과 만날 수는 없어도
확실한 사실은 그녀는 천사(天使)의 부흥(復興)이었다는
것 뿐이다.

허상(虛像)

─폭풍우─

‘허리케인’이라는 영화를 본 적이 있는데,
작으마한 섬을 몽땅 소멸케 하더군.
아무리 폭풍우가 고속(高速)이었다 하드라도.

여성대명사(女性代名詞)를 명칭케 하는 것은
폭풍우의 위력을 꺾어버리겠다는,
‘사라’호니 하는 까닭도 그 때문이야.

풍속이 외상식(外常識)으로 빠른 거라네.
보통이면은 기풍(氣風)이 맞을 것 아냐?
지식답(知識答)이 빠르면은 고명(高名)한 석학이 되듯.

아기이름을 닮은 폭풍우를 만날 때까지
오래살면 좋다 뿐이겠는가.
섬을 날고 진문기답(珍聞奇答)을 듣고 보고 들을 것이
아냐.

영화의 청년주인공은,
난관을 뚫고 그의 사랑이 이루어지지만은
나는 연인(戀人)도 없고 집도 없다.

허상(虛像) · 2
― 골짜기 ―

골짜기의 냇물은 왜 이리도 맑을까……
지금(至今)은 4월초(四月初)라
숱한 꽃봉우리들이 다투어 경쟁하겠네.

무성한 솔나무잎은 온통 푸르고
햇빛을 더욱 받으려고 발돋음한다.
같은 크기 같은 끼리인데도 말이야.

삼림(森林)은 냇물가에 미안하다는 듯이
그저 침묵이고 요동도 안하네.
저쪽 산비탈도 녹화(綠化)시킬 모양인가.

풀들도 일제히 들고 일어선다.
오존이 그득한 진공기(眞空氣)가 맑구나.
요리조리 골짜기는 맑음에 쌓였다.

허상(虛像)・4
─구름─

구름은 백색(白色)이요 비오는 날엔 회암색(灰暗色)이다.
중간치기 색채(色彩)는 없다.
그런데 형태(形態)는 실로 각종각류(各種各類)다.

불교적이 아닐까.
기독교를 닮았기도 할까.
마호멧교는 아니었으면 좋겠는데

하늘의 높음과 지상평면(地上平面)과의 연합체다.
마음대로 인간을 굽어삼킨다.
외양(外樣)은 부드러운 것 같지만은 단단할지 모른다.

이것은 아무래도 고체인가 액체인가.
전체로는 고체요 부분으로는 액체다.
기체에 쌓였으면서도 증류수(蒸溜水)인데……

친구(親舊)

천가(千家)는 우리나라 성(姓)가운데서 쌍놈이다.
화산군(花山君), 천만리공(千萬里公)은 임진왜란때
이여송(李如松)과 더불어 중화로부터의 구원병이다.

20세기의 제2차 세계대전이라면은
미합중국의 맥아더장군(將軍)같은 존재야.
수군통제사 이순신(李舜臣)제독도 못당했을 거다.

그 왜놈의 희로(姬路)에서 1930년 1월 29일생이야.
참으로 무슨놈의 팔자출생(八字出生)일런지
그러다가 사납게도 수도 동경부(首都 東京都) 근처로 이
사했다.

친구(親舊) · 1
―히아신스―

섬세하다고 했어도 이리도 갸냘픈가.
사막에서는 명함도 못내 놓겠네.
수분기(水分氣)가 없는 것은 별개(別個)일거야.

여전스레 공기는 열기(熱氣)를 뿜어내고
다 뿜어내면 하늘까지라도 팽게칠 모양이다.
여행객(旅行客)이니 있으면 감상하여마지 않았을 텐데.

원시시대의 원방향(原放鄕)도 잊어먹었네.
이런 골치아픈 사막에 떨어지다니
원죄(原罪)야, 누구에게 신앙고백을 할까?

친구(親舊)·2
― 歲月 ―

세월(歲月)은 흘러서 100년 가까이 됐다네.
오만불손 했던 성격도 맞다네.
죽어도 괜찮다네.

도령(道令)이 천국가까이 왔다네.
오면은 기꺼이 가서 대꾸하리다.
이제도 가히 그 절념시기(絶念時機)가 안온다네.

산복(山腹)에 정좌(靜座)하여 두고두고 살피니
저쪽 빛깔도 구름까지도 같지가 않니
제7의 천국이며는 얼마나 좋겠니.

친구(親舊)·3
—김치—

매일같이 먹는 김치에는 음식이 섞여든다.
생선(生鮮)도 고기도 적량(適量)껏 들어가 있으니
음식의 백화점이 따로이 없다.

아무리 먹어도 만복(滿腹)도 안된다.
대륙(大陸)을 통체로 자셔도 이렇게는
자양분(滋養分)이 적량(適量)이 되지 않겠다.

식물(植物)도 풀과 이파리니 전체나 마찬가지다.
맛도 미미천만(美味千萬)이니 딴 것과 바꾸지 못한다.
우리 백의민족(白衣民族)이 시골뜨기가 아니라는 증일
(證壹)이다.

친구(親舊)·4
─ 日曜日 ─

신도(信徒)는 천주교도(天主敎徒)를 말함이니
나도 위선 포함되고 전세계에는 6억인구가 넘는다.
오늘은 일요일인데 편안하게 쉬어라.

구름이 다소간끼었는데,
태양을 막아서 어두워진 것 같다.
아폴로는 언제나 활을 쏘려는고.

유년시대(幼年時代)의 황금기는 벌써 지났다.
전기광속(電氣光速)보다 빠른 미터로 언제 올려나
천국의 제7지방(第七地方)에 가서 기도할 때가.

방한화(防寒靴)

81년 11월 19일에
난데없는 대설(大雪)이 내렸습니다.
18센티미터나 쌓였습니다.

이날은
내가 서울시내로 안나가는 날이라서
의정부시의 변두리
나의 방에서 지냈는데
그래도 집밖의 변소에는 가야했고
곡차(막걸리)사러 나가기도 했습니다.
같이 마시자고
처남집에도 갔더랬습니다.

18센티미터의 눈은
유감없이 보행(步行)에 곤란했을 텐데
그런데도
나는 태연했습니다.
내게는 방한화가 있어서
아무리 눈속을 걸어도
눈이 신발안에
안들어가기 때문이었습니다.

비싼 방한화도 아니고
농부들이 더러 신는 그런 신발인데
필자는 겨울엔
반드시 이 방한화를 애용합니다.

가난한 아내가
애써 사준 이 방한화는
겨울에 나의 애용품(愛用品)입니다.

요놈 요놈 요 이쁜놈!

지은이 | 천 상 병
펴낸이 | 一庚 장 소 님
펴낸곳 | 답게

초판 발행 | 1991년 7월 10일
3판 21쇄 | 2018년 1월 10일

등 록 | 1990년 2월 28일, 제 21-140호
주 소 | 04994 서울시 광진구 면목로 29 2층(군자동)
전 화 | (편집) 02)469-0464, 462-0464
      (영업) 02)463-0464, 498-0464
팩 스 | 02)498-0463
홈페이지 | www.dapgae.co.kr
e-mail | dapgae@gmail.com, dapgae@korea.com

ISBN 978-89-7574-011-0 (02810)
ⓒ 1991, 천상병

나답게 · 우리답게 · 책답게